언제나 마지막이라는 편지

사랑그리기 13

언제나 마지막이라는 편지

이원정 시집

책머리에

비밀이 많기를 소망하는 사람
비밀이 없기를 소망하는 사람
그러나, 어떤 이는
추억이 없어 비밀이 없고,
가슴에 짐이 돼도
어쩔 수 없이 비밀을 간직하게 되고.
사랑이란 거,
누군가는 이제 콧방귀를 뀔지도 모른다.
너무 아름다운 하루에
자신을 쓸쓸하게 만들었을지도 모르지만
어쨌든 혼자 느끼기엔 너무 저린—나를 스쳤던 바람처럼
사랑은 예외없이 누구에게나 스며들고……

누군가를 절실히 느끼며 이 노트, 내 소중한 삶을 메꾼다.

제1부

슬픈 사랑, 그 아름다움을 위한 노래

제2부

그립다 말하더라도

제3부

언제나 마지막이라는 편지

제4부

빈 가슴에 자리한 그대라는 추억 하나

제1부
슬픈 사랑, 그 아름다움을 위한 노래

오직 내 것은 아무것도 없는 것 같다
너와 난 숨쉬는 모습마저 닮았고
세상의 아름다운 것은 모두 너에게 주고 싶다

같은 느낌으로

애써 잠들었다가 애석하게도
새벽에 잠 깨본 적이 있는지
무릎을 세우고 턱을 붙이고 앉아
아침을 기다릴 때의
비참한 기분을 느껴 본 적이 있는지
혼자서
저린 마음의 혼자서
몇 시간을 가장 빠르게, 가장 많은 눈물로
보낼 수 있던 시절이 있었어
뭔가를 생각하는 거야
그거 하나만으로 온갖 상상이 가능하지
바로 사랑하는 사람이야.

사람이란 게

추억이 많아졌다
어느 것 하나도 너를 빼면
미완성인 이야기들
너만 떠올리면 대단하지 않은 사연까지도
너를 사랑하는 내겐
소중한 시가 된다
이만큼이나 가슴 아프며 크지 않았던들
내게 무슨 입밖에 낼 사연이 있었으랴
사람이란 게
그래서 사랑을 하나 보다

이상해

친구에게 사랑한다고 했다
"히히"하고 웃는데
또 다른 사람은
"사랑해"하니까 운다

멍하니

"생일 축하해"
내겐 슬픈 말

"내일 만날까"
그토록 기쁜 말

"그럼 내일 보자"
너무나 안타까운 말

기다림

이제 기다림도 끝나고
사랑을 준비하기엔 너무 커 버렸다.
서로를 사랑해야만 한단다.
사랑하는 사람이 도둑질을 하면
망이라도 봐야 한단다
우린 기다릴 것이 없다
다가가야만 한단다

사랑이겠지요

새벽 3시에 창틀에 올라 앉은 이
길을 걷다 하늘을 보곤 방긋 웃는
도서관에 와서 편지지를 꺼내드는
그런 이가 있습니다
낙엽이 카펫처럼 깔린 공원 벤취에
너무 찬란한 세상이 슬픈 멍한 이가 있습니다

사랑할 사람

혼자 있기 좋아하는 사람은
고독한 걸 가장 두려워하는
그런, 사람입니다

누군가와 지내다가 어느 순간
홀로 남겨지는 걸 참아낼 수 없는
여린, 사람입니다

아예 처음부터 서서히 고독에 적응하느라
침묵하고는 있어도
머릿속으로 미칠 듯 몸부림치는
슬픈, 사람입니다

그런 아픔을 알기에
진정 사람을 사랑으로 대할 수 있는
사랑할, 사람입니다

기꺼이 하기

내가 지니는 대부분의 어딘가에 적힌
내가 오래 전부터 좌우명으로 정하고
삶에 박차를 가할 때 쓰던 외침

그에게 다가갈 때도 그랬다
다가갈 수 없는 사람은 없어도
다가가선 안 되는 사람은 있다는
슬픈 말을 해대며

그런 몸부림 속에서도 난 기꺼이
그를 받아들였다.
기꺼이 아낌없이 사랑하며
by oneself & with you

미움도 사랑도

우리네 인연은
밉거나 곱거나 길지 않습니다.
미우면 며칠이나 미워하겠고
고와야 얼마나 보겠습니까

미워도 하십시오
사랑도 하십시오
애써 피하지만 마십시오

미워해도 사랑해도
머무를 때에나 비로소
실컷 보는 것인데
그것은 그리 길지 않습니다.

시작부터 이제까지

얼굴엔 온통 흐트러진 머리
꼬깃한 채 손에 끼워진 담배
옆에 던져진, 커피가 담겼을 컵 하나
머리 위엔 가을이 가득 담긴 가을 한 그루
어딘가 정신없이 흐트러진 듯한데
어쩐지 너무도 어우러진 황홀경
그 설명할 수 없는 분위기에
내가 그저 운 좋으면
죽기 전에 한번 만나겠구나 싶었던
그 그림 같은 모습에

하늘을 봤다
기쁨에 겨운 차라리 슬픔
너를 그렇게
죽도록 사랑해 왔다

가끔은 네가

넌 매일같이 날 처음 대하는 사람인 듯
날 사랑하길 두려워했다
그런 네가 가끔은
역시 태어나서 처음 듣는 말
보고 싶다고 한다
비로소 난 숨을 쉰다

무엇이든 바치리

오직 내 것은 아무것도 없는 것 같다
너와 난 숨쉬는 모습마저 닮았고
세상의 아름다운 것은 모두 주려 애써온 나

후회도 않으리
무엇이든 너에게 주고 싶다

더 이상 무엇을 아끼리
너 없인 못 살 것 같은 이런 사랑을 하는데

영원한 사랑을 하기보다는

순수하다는 것은
오직 사랑할 수 있다는 거다

하나만을 사랑하고 그것의
행복을 빌 수 있다면
당신은 순수하다

사랑에 기한을 두어선 안 된다
짧음도 영원도, 추측도 단정도

어떤 이유도 어떤 편안함도
설명되어지지 않는다

모든 사랑이 각기 생명이 있으니
영원한 사랑보다는
주어진 사랑의 생명만큼
돌 볼 의무가 있을 뿐이다

사랑해주기 1

말같지도 않은 시를
4년간 써대는 사람은
사랑하고 있는 거고

밤만 되면 창문 열고
스탠드 켜는 사람도
사랑하고 있는 거고

너무 쥐고 있어 따뜻해진 콜라를 받아
맛있게 마셔주는 너는
사랑해주는 거고

사랑해주기 2

버릇처럼 해대도
짝사랑하고 있는 사람은
사랑을 하고 있는 거고

낮부터 만나 밤에 헤어져서도
밤새 전화하는 둘도
사랑을 하고 있는 거고

음력 생일 양력 생일 챙겨주는 사람은
조금은 미쳐 보여도
사랑을 하고 있는 거고

가슴 떨려 조심스레 쳐다보는 눈길에
웃음만 던져주고 가는 너는
사랑해주는 거고

다른 사랑 앞에서

묻는다
사랑할 수 있을지

놀라면 놀란대로
슬프면 슬픈대로

난들 사랑을 모르고 살았을까

혹시나 사랑하게 되면 어쩌나
차갑고 덤덤하게 살아온 나

그저 우습고 불쌍한 불안에 떨다가
이제는 사랑하게 된 사람

사랑이란

이 단어만큼 귀한 것도 없다
슬프든 기쁘든, 까무라치게 설레이는 것

그런 날엔

그 애를 볼 수 있는 날엔
눈을 깜빡이지 않아도 되는
물고기가 됐으면 좋겠다

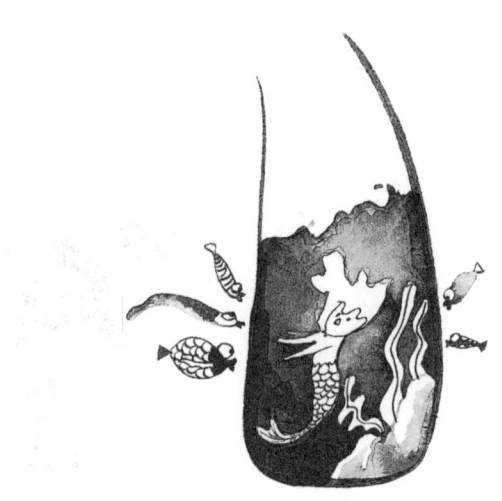

헤어진다는 거

늘 이 문제에 있어선 절망적이다
정말 중요한 건
내가 널 너무나 사랑하고
그건 말도 안 된다는 거다

내가 사랑하고 싶은 사람은

나와 헤어져 있을 때
내 웃는 모습보다는 내 외로운 마음을 헤아리고
느낄 수 있는 사람
하나면 충분하다

제2부

그립다 말하더라도

그리운 이여, 그리운 이여
아주 조금은 알고 있는지
내게 가장 그리운 것을……

너무 아름다운 연인

공중전화 박스도 그대로이고
가로수 아래 빠알간 우체통도 그대로이고
어설픈 저녁 황혼 아래 기찻길도 그대로이고
널 사랑하는 내 마음도 그대로이고
차갑기 그지 없는 저 높은 건물들도
갖은 번호를 단 저 버스도,
이 시간만 되면 세상에서 가장 외롭다고 여기는
바보 같은 나도 그대로인데
단지 하나 변한 것은
목이 메이도록 그리운
....
네가 없다.

그립다 말하더라도

귀여운 웃음마저도
내 가슴을 싸늘하게 했던
그저
혼자 고독하고
혼자 즐거웠던 사람.

싸늘한 어느 아침이면
실수로 걸치고 나온
티셔츠 한 장마저도
건넬 수만 있다면
기뻐서 두근거렸을 가슴

모질게도 혼자였고
완벽하게 지켜냈고
고개숙인 모습은
그렇게도 처절하게
도시와 어울렸다.

바쁜 하루 속에
그리울 시간은 왜 그리 많은지

이 좁은 세상에
마주할 인연은 왜 그리 없는지

다시 만날 인연이 없기를
착각하기 쉬운 그 모습이
내 너무 어리석어
그립다 말하더라도

남은 가슴에 자리한
사랑하는 사람을 곁에 두고
이 어리석은 가슴이
그립다 말하더라도

다시 만날 수 없기를
다시 느낄 수 없기를
·················
내 삶 같은 그 모습이
그립다 말하더라도

알 수 없는 아픔

간다
또 간다
하나, 두울, 세엣

어제도 그랬고
오늘도 그랬고
내일도 그랬다.

내 안에 쌓였던 정들이
갈수록 짧은 시간 안에
미련 하나 떨구지 않은 채

하나를 얻으려면 버리는 것이야
역시 하나이겠는데
내 가슴의 찢어지는 고통은
무엇을 얻은 것인가
버린 것인가

그 사람이 보고 싶다

누군가
나에 대해 아는 게 싫었다
나보다 먼저, 나보다 더
나는 늘 나를 바라보았지만
늘 그 자리였다
때론 누군가가 알아 주길 바라기도 했다
꿈 속에서 손을 내젓듯
그 긴 시간이 너무도 허무하게
늘 멀리 있던 사람
이렇게 조용한 어둠이 깔리면
그 사람이 보고 싶다

널 생각하다가

텅 빈 집안에서
울리지도 않은 수화기를 들고
"여보세요"
멋적은 말 한마디

그게 아니었는데
그가 타던 버스를 타고 말았다
우연이라고 하기엔
너무도 모순된 변명이라

숱한 연인들 속에서
어둠에 눌리는 어깨를 느끼며
터벅터벅 집을 향하는데
왜 그리 눈물이 나는지

거리마다
카페는 왜 그리 정겨운지
너만큼이나 그리운 친구에게
전화를 걸었다.

손마디가 저리도록
너에게만 쓰려던 단어들을 모두어
일기장 가득 풀었건만
차마 네 이름은 적지 못하고

내 생각은 하고 있지도 않을
지친 얼굴로 잠들어 있을지도 모를
오늘도,
널 생각하다가.

내가 그리운 것은

나 모르게 잊혀진 기억들이 그리워서
나 모르게 상처받은 추억들이 소중해서
내 살 같은 일기장을 끌어 안았다

언제부터인지 내 노래가 되고 만 것은
그 노래가 흐를 때마다 발걸음이 더뎌진 것은
그 옛날 너와 공존했던 이유

사연 닿은 노래는 어찌 그리 많은지
주저앉을 듯 서글픈 노래로
한 밤을 멍하니 지새우고

때론 소리죽여 우느라
이불섶을 다 적시우던
부끄러운 시간들은

노래 제목이 몇 자나 되는지
그 황홀한 노래에 네가 왜 그리 어울리는지
무심한 너는 알고나 있는지

내가 그 노래를 그다지도 사랑하는 이유는
무언가가 그리워서인데
누군가가 그리워서인데

내가 부대껴온 인생살이에서
소중한 삶의 흔적에서
내가 그리운 것은
바로 너임을, 그게 너임을

그리운 이여, 그리운 이여
아주 조금은 알고 있는지
내게 가장 그리운 것을……

젊은 낭만

오래도록 비워둔 방이 있었다
가끔은 가을이 머물렀고
또 언젠간 노을이 머물렀고

한참을 비웠나보다
가을도 없고 노을도 떠났다
어떤 소녀도 왔었는데

오래도록 비웠나 보다
방이 슬프다
공허해

낯선 것이 산다
세월이라고 하는

우리는

그러진 못했을 거다
나였다면
그러진 않았을 거다
우는 날 우는 널
서로 버리고 가는 일,
그래 차마
그러진 않았을 거다

이렇게도 안 잊혀질까

괜한 우울에 시달렸다
내 옆에서 단 한 시간이라도
오직 내 사람임을 느끼게 해주길
간절히 소망하면서

때 지나 사랑한다는 말도
쌓였던 내 허탈함을
그로 인해 상처받은 가슴을
더욱 몰아칠 뿐이었는데

딴 사람을 떠올려 보기도 했다
누군가 그러더라
결혼은……
적당히 사랑하는 사람과 하게 된다고

그 말도 안 되는 법칙이
너를 보면
그럴 수도 있다고 생각되는 건
왜일까

그렇게도 숨막히게 그립게 하고
날 애태우던 네가
마냥 고울 리도 없을 텐데
이렇게도 안 잊혀질까

무제

말했다
가자고
절망이 가라앉는 데까지
슬픔이 뭔지 알긴 하냐고
말했다
모든 게 짧다고

오늘 나는

눈 뜬 것마저 기억이 흐릿한데
지금은 어둔 세상
모든 게 망가진 듯
쓸쓸해 죽겠다면서
결국은 누구도 필요치 않았던 시간들
오늘 나는 깨지 않았다

명언 1

남으로 인해 느끼는 기쁨은 그 자체이고
남으로 인해 느끼는 슬픔은 몇배나 된다.
당신으로 인해 느낄 수 있는 것을 찾아야 한다

명언 2

모든 것은 생각하기 나름
모든 것은 하기 나름
모든 것은 지나가기 나름

어떤 위안

돌아가신 아빠를 그리며
밤이 새도록 우는 친구를 본다
난 그 날 그 친구에게 아빠가 없는 걸
처음 알았다
활기찬 몸짓은 어디가고 작아진,
웅크린 눈물을 본다
그 앞에서 우는 나를 본다

너무 큰 쓸쓸함 앞에
도대체 성숙치 않은
슬픈 모습의 내가 운다

술

냄새만으로 취했던 내가
네가 머리에서 질기게 머무를 때엔
서슴없이 술잔을 든다
정말 보고 싶다

새벽은 그대를 부르고

저녁내내 접어둔 그대를 펼친다
슬픔으로 떠오를 그대를 접었던 것인데
새벽은 그대를 펼친다

가로등의 아름다움마저 슬픈
싸 하는 바람이 그대 이름을 토해낸다

지친 하루에 그만 두 손 들고
아침이 오더라도 깨지 않을 잠도 잘 법한데
감당하기도 힘든 새벽은 어김없이 그대를 부른다.

딴 이유가 있겠니

하루는 공부가 너무 안 되더라
커피도 마셨고
음악도 실컷 듣고
친구랑 떠들만큼 떠들고
바람도 쐬고 왔는데
머리가 개운치 않은 거야
너 때문이지 뭐

미안해

내가 완성되지 못하고 너를 만난
바람에도 긁힐 것 같은 여린 너에게
책임없는 상처만 준다
웃는 모습으로 기쁨을 주는
그런 애인이 되어야 하는데
나의 부족함을 너는 부서져 다가와
나를 완성되게 한다
너를 아름답게 사랑해야 하는데
내가 너무 부족해서
정말 미안해

겨울 바람에

얼굴을 두른 목도리에서
내 향수를 느끼고
겨울을 느낀다
아련한 기억 같은 입김
학보통에서 놀랍게도 너의 편지를 발견하곤
외롭지 않은 혼자인 나를 본다
발걸음은 빨라만 간다
추운 사람들 사이로 그리움을 뿌리며
나는 빨리 사라져 간다

마감하는 하루

가끔 음악 소리에 가슴이 저려올 때
노을지듯 뒤섞인 그리움을 본다
찬 세상에 퍼지는 하얀 그리움
어느 누구도 하루를 마감하지 못하고
어제의 아쉬움에 작은 인사를 하고
오늘까지 살아온 날들의 슬픈
그리움을 마감한다

제3부

언제나 마지막이라는 편지

답장 없는 너에게 '마지막이야'하면서 편지를 쓴다.
어제도 그제도 마지막이라는 편지를
오늘도 쓰고 있다.

처음부터

너 뿐이라 믿었을 테고
한번쯤은 머릿속으로 결혼도 해 봤을 테고
다음 세상을 기약했을 거고
영원을 기약했을 텐데
처음부터 그래야 했던 건 없었을까

잊혀져 가

너와 내가 만나던 그 이른 시간
그 날은 유난히도 몸이 아파
택시를 타게 됐지. 좀 늦은 시간에

아픈 몸은 나와는 별개였어
시간이 늦었다는 거
때 아니게 비가 내리고 있었다는 거

그 시간이면 아무도 없을 그 곳
전화박스와 비마저 추적추적 있을
그 꿈 같은 장소에

택시문을 힘겹게 젖히고 나오던 내 눈에
높은 체온 탓이었을까
너무 간절했던 소망탓이었을까

가로수 아래, 하필 가로수 아래
아픈 나보다 더 가녀려 보이는 네가
정말 꿈처럼 서 있었다.

버스야 오지 마라
버스야 오지 마라
속으로 얼마나 크게 외쳤었는지
얼마나 간절하게 기원했는지

그 기막히게 아름다운 추억이
현실 속에서,
새로이 만나는 사람들 속에서

너도 모르게 나도 모르게
아주 서서히 잊혀져만 가
너에게 미안하게끔
돌이키면 두 눈 가득 눈물이 고이게끔

너도 추억인데

아쉽다
모든 것이 그저 추억이라고 이름지어지며
내게서 멀어지는 것이

때로는 그렇게 만들어 버린 시간에
눈물을 흘리며 화도 내보지만
후~추억인 걸

너도
······추억이다.

지혜……?

그 어떤 것에도 미련을 갖지 않는 것

쉽게 어느 곳이든 뜰 수 있는
얼음같이 찬 그 어려운 다짐은
세상에서 가장 무서운 사람,
가장 강한 사람일 테지
하지만
몇 안 되는 이가 경험하는
가장 큰 슬픔을 간직한 이의
독한 지혜일 테지

모습

가녀린 희망으로 사는가 보다
우울한 밤엔
네 우울한 얼굴이 보인다

사실 이 세상엔
그렇게 큰 절망도 없고
그렇게 큰 희망도 없는데

커다란 절망으로 사는가 보다
내게 하늘이 없는 날
네 울음 같은 얼굴이 보인다

너에게

너무 답답해서
힘든 일없이 마냥 편한대도 답답해서
네 편지를 읽었어
힘이 났다
사랑해
모든 것엔 존재하는 시간이 정해져 있기에
그걸 알지만……
영원이라 말하진 않는다
다만
좀더 만족스러울만큼 존재하다 사라지길
그래,
그저 그러길 바랄 뿐이야

DREAM, DREAM 1

이십 년이 넘도록 해왔을 거다
다른 것도 있었고
같은 것이 며칠씩 되기도 했고
남들도 다 꾸는 것이기도 했고
나혼자 꾸는 것이기도 했다
어느 날인가 누군가 내게
옷을 선물했는데
친구는 바람피우는 거란다
그 애 꿈을 대신 꾸었나 보다

DREAM, DREAM 2

총을 맞아도 아침이면 살아나고
벼랑에서 떨어져도 멀쩡하고
10년 전 죽은 사람이 살아 있고
실컷 먹어대도 배고프고
밤새 만나도 그립다

그대 안에 내가

무엇을 얼마나 공감하고 살았는지
지금도 잘 모르겠습니다
하나 기억나는 것은
우리는 정말 노을을 좋아했습니다
오늘 당신이 없는데
흰 손수건에 포도주가 스며드는
노을이 집니다
도대체,
그대 안에 내가 얼마나 들었길래
이토록 빠져나오는데 시간이 걸리는지요
그대 안에 내가 어떻게 살고 있는지요

너를 원하고

비가 오다 갰다
뭔가 조급하기만 하다
그 싫던 비가 그저 그런 느낌인 걸 보니
이젠 사는데 요령이 생긴 모양이다
예전에 내게 난감했던 감정들이
거의 본능적으로 처리된다
혼자만의 즐거움에 취해 살던 내가
누군가를 내 안에 느끼고부턴
혼란스러워졌다
그 안에서 내가 느끼는 행복이야
표현할 길이 있으랴마는
너를 원하는만큼
치를 고통도 많다

내가 두려운 것은

우리는 계속 뭔가를 이루려고 삽니다
내가 두려운 것은
실패가 아니라 이루었을 때의 막막함입니다
얻고 난 뒤의 허탈감입니다
사랑할 사람 역시
마음의 문을 닫고 사는 사람은
문을 열고 닫는데
익숙치 못한 사람입니다
귀를 닫고 사는 사람입니다

아무리 사랑한다고 소리쳐도
전혀 듣지도 못하는
넘칠 듯 추억이 가득한 가슴을
애써 닫고 사는 사람입니다

슬픈 중얼거림

언젠가 그럴 때가 오겠지 오겠지
안 올 줄 알면서도 오겠지 오겠지
그렇게 슬픈 기대를 하면서
너를 바라보면서 나는……

내 방은

그 사람 사진을 볼 수 있고
그 사람 얼굴과 기억 속의 음성을
잘 끌어내는 이곳을 난 천국이라 부른다

어떤 이유

편지를 하지만 답장이 없다
편지를 받고 기뻤다는 말 뿐
나에게 무언가를 남기기가 두려운 너는
사랑하기 때문이라고
이런 말도 안 되는 이유로 멀어진대도
네가 그립기 때문에
다시 편지를 쓴다

미련한 연인들 1

어떨 땐 사랑하는 사람 곁을 당연스레 여기며
그저 가슴 아픈 추억이 있었다고만 말하고
그런 아픈 기억은 으레 지니고 결혼을 해야 하는 듯
우린 그런 공식으로 손 닿을 듯한 거리에 살면서도
떠났다 한다

미련한 연인들 2

사랑하는 사람과 결혼했다고 하면
'와'하고
사랑하기 때문에 헤어졌대도
'와'하고

그런 게 있다

어느 누구도 요구할 수 없고
어느 누구도 나에게 줄 수 없고
어느 누구도 나에게 가르쳐줄 수 없고
어느 누구도 나보다 더 잘 알 수 없고
어느 누구도 나보다 심할 수 없고
어느 누구도 나보다 뛰어날 수 없는

그런 게 있다

느낌

방황은 젊고
아름답고
자유롭고
느껴보지 못한 사람은 이걸 보고 웃는다
그럼 난 그 사람을 보면서 웃는다, 조용히

너는 알거야

커피를 좋아한 게 얼마되지 않았고
잠이 없어지고 눈물이 헤퍼진 것에 사연이 있고
사람들은 얼마나 이기적일 수 있는지 체험하고
얼마나 비참했는지
그리고
내가 얼마나 웃음이 많은지
얼마나 웃긴 애인지

마지막 편지

답장 없는 너에게
"마지막이야"하면서
오늘도 마지막 편지를 쓴다
어제도 그제도 마지막이라던 편지를
오늘도 쓰고 있다
아마 내일이 마지막일거야

제4부
빈 가슴에 자리한 그대라는 추억 하나

누군가를 사랑하며 산다는 것만으로도
행복할 거란 생각
정말이지, 말이 쉽다.

겨울을 못 견디는 이에게
—눈이 내리는 것은

겨울이 가을을 보내는 것이 아니라
겨울은 가을을 품은 보다 완성된 계절입니다

첫눈이 당신을 설레게 하는 것이 아니라
그 찬란한 의미는
당신이 소중한 이의 가슴에 기억된다는 것입니다

어김없이 첫눈은 겨울을 열 테고
당신은 두꺼운 외투가 필요합니다

쓸쓸해진 당신을 감싸고
추위에 얼어버릴 당신의 감정을 감싸고
당신말고는 누구도 눈물겹다 말할 수 없는
추억을 감싸기 위해

눈이 내리는 것은 슬픔을 전하기 위함이 아니라
당신에게 어서 사랑하라고 전하는
아름다운 자연의 언어입니다.

있잖아

있잖아,
길이 펼쳐져 있는데
그 주변에
상수리 나무가 있다고 상상하면
자기 중심적인 사람이래
은행나무를 상상하면
타인 중심적이고
꽃나무를 상상하면
외모를 중시하는 사람이고
열매가 달린 나무는
배경을 따지는 사람이래
난 안개꽃이 있길 바랐어
널 닮은……

지금 우리는

누구의 허락도 필요치 않다
시간은 제멋대로 귀하기만 한
내 젊음을 싣고 어디론가 가 버린다

내 젊음은 노하지도 않는다
아름답기만 한데 난 애써
일그러뜨리며 온 힘을 다한다

뭐든 거침없이 기꺼이 한다
후회라는 단어는 젊음을 병들게 한다
진정한 젊음은 세상을 아낀다

팔자 1

너에게 실망했다는 말에
나보다 더 절망할 네 생각에
할 말을 잊고
어쩌면 울어버릴 지도 모르는 너는
미움받을 팔자는 아닌가 보다

팔자 2

주 내내 난 네가 미운데
하지만 그 많은 야속함도 하루가 힘들다
사랑하기보다
미워하기가 더 힘들다
지치고 괴롭다
사랑하는 너를
미워할 팔자는 못 되나 보다
봄 내내 이런 걸 보면……

과연 그럴까

연인들은 행복하다
말린 꽃이 더 아름답다
흐린 날이 더 좋다
과연 그럴까!

신부

아름다운 신부에겐
드레스가 있고
예쁜 구두가 있고
웃음이 있고
알맞게 비추는 햇살과 목련이 있다
아름다운 신부에겐
꽃이 있고
고운 손이 있고
젊음이 있고
신부의 봄이 있다
뭐가 없을까

짜릿한 충고

사랑하는 사람에게 질투심을 유발하는 것
그것으로 사랑하는 마음이 더 할 거라 믿는 것
큰 착각이다
사랑하는 사람은 더욱 용기가 없다
그것으로 인해 지치고
당신을 놓아버릴 것이다
사랑이 포기될 수도 있다

사랑하는 그대에게

연인들이 싸우는 것은
서로에게 잘 하기 위한
방법을 찾는 거래

세상의 그 무엇
열정적으로 사랑할 수 있는 건
순수함이 남아있다는 거래

그런 면에서 연인들은 진실해야 하는데
그 많은 연인들
얼마나 싸울까
얼마나 진실할까

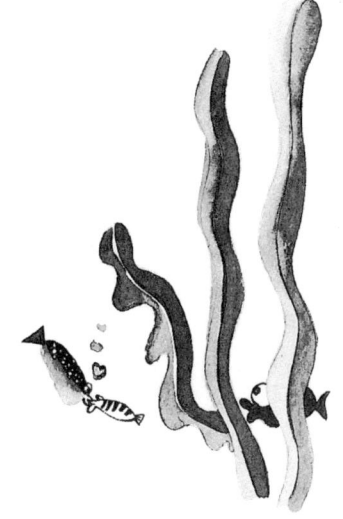

바로서기

다른 사람의 입장이 되어본다는 거
다른 사람의 감정을 챙긴다는 거
그게 얼마나 힘든 일인지조차
알고 있지 못하는 사람이 많은 만큼
우린, 이별도 많다

친구들이여

부대끼는 사람들
특히 그들에게 맘 편히 기댈 수 있다면
난 그들을 행복이라 부른다

??

내가 사랑하는 사람들
날 사랑하는 사람들
내가 알고 있는 사람들
나를 알고 있는 사람들
충분하다면
느낌으로……

사람 같다

우린 모두 사람 같다
봐도봐도 그립고
암만 줘도 모자른 사랑을 하는
우린 모두 사람 같다

혼자라는 건 1

커피를 마시는 예쁜 집이 있다
비를 맞는 꽃같은 화분이 있다
애인을 기다리는 꽃같은 여자가 있다
커피 향에 싸인 안개 같은 잔이 있다
의미없는 비 같은 나도 있다

혼자라는 건 2

심하다 싶게 사랑도 해봤고
미쳤다 싶게 누군가를 따라다녀도 봤고
정성이다 싶게 편지도 써봤고
기절할 만큼 울어도 봤고
죽고 싶게 좌절도 해봤는데
지금
기가 막히게 외롭다

어리석음

같은 질문에 시달리고
같은 감정으로 고통받는
어리석은 한 인간
누군가를 사랑하며 산다는 것만으로도
행복할 거란 생각
정말이지, 말이 쉽다

진실

누군가를 길들인다는 것
그 말엔 아픔이 있다.
책임이 있다
엄청난 사랑이 있어야만 한다는
대단한 조건이 있다

가끔은 현명하게

때론 남에게 기댈 수 있습니다
기대야 할 때도 있습니다
현명한 겸손일 수 있으니까
그것은 용기입니다

어느 일기장 프롤로그

목숨만큼!
아니 오히려 내가 살아온 전 생애의
그것과도 비할 수 없이 소중한
"젊은 날"의 중얼거림이다

살맛 나는 곳

세상에서 일어나는 모든 일은 이유가 있다
그리고 참 기막히게 공평하다
12시간의 스트레스 12시간의 행복
좋은 사람 아홉 나쁜 사람 하나
세상이 그래

사랑그리기 13

언제나 마지막이라는 편지

지은이 · 이원정
펴낸이 · 최순철

초판1쇄 인쇄일 · 1997년 1월 15일
초판1쇄 발행일 · 1997년 1월 20일

펴낸곳 · 도서출판 등불
서울시 마포구 합정동 385-107 중앙회빌딩
전화 322-4595~6 팩스 322-4597
출판등록 · 1994년 4월 19일(제10-969호)
값 3,500원
ISBN 89-8028-053-X 03810
저자와의 협의에 의해 인지를 생략합니다.
잘못된 책은 바꾸어 드립니다.

어느날 문득
네가 그리워지면
그러면…어쩌지? 1

임우현 시집

풋사과처럼 싱그러운 젊은 날의 사랑이야기!

무작정 슬퍼지면?
울어버리면 되지 뭐

한없이 기쁜 날에는?
그냥 웃어버리지 뭐

♪

그런데
오늘 또 네가
무작정 그리워지면
그러면 어쩌지?

내가 그 아이를 사랑하고 있다는걸 어떻게 표현할지 모르겠어 이것이 사랑일 까?

어느날 문득
네가 그리워지면
그러면…어쩌지? 2

임우현 시집

군생활의 외로움과 그리움이
잔잔한 감동으로 다가온다!
그리운 연인에게
그리운 친구에게
사랑을 선물하세요!

나 너를 위해
시를 써
너만을 위한
시를 써

첫만남에서
오늘까지
그리고
아주 아주 먼 미래까지
널 그리며
시를 써

나 너를 위해

나 말없이 눈물 흘릴때

차기환 시집

잊혀지지 않는 사랑의 추억
가슴시린 사랑의 아픔

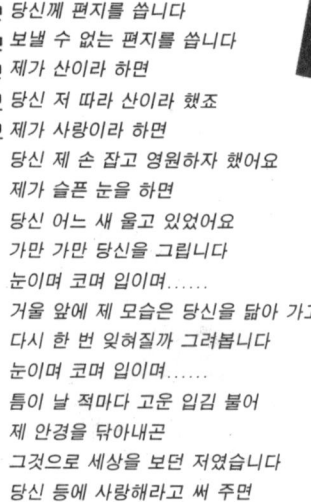

당신께 편지를 씁니다
보낼 수 없는 편지를 씁니다
제가 산이라 하면
당신 저 따라 산이라 했죠
제가 사랑이라 하면
당신 제 손 잡고 영원하자 했어요
제가 슬픈 눈을 하면
당신 어느 새 울고 있었어요
가만 가만 당신을 그립니다
눈이며 코며 입이며……
거울 앞에 제 모습은 당신을 닮아 가고
다시 한 번 잊혀질까 그려봅니다
눈이며 코며 입이며……
틈이 날 적마다 고운 입김 불어
제 안경을 닦아내곤
그것으로 세상을 보던 저였습니다
당신 등에 사랑해라고 써 주면
제 손에 나도라고 써 주었어요.

가슴으로 부르는 이름하나

김경구 시집

지울 수 없는 사랑의 이름 하나
가슴 가득 묻어두고
노래하네
이 밤 하얗게 지새우며 노래하네

당신을 만나기까지
잦은 만남과 이별의 반복으로
그 얼마나 힘겨움의 연속이었던가요
그러나 끝내
당신은 떠나고
나만 홀로 남았습니다
시간이 흐르고 흘러도
당신은 언제나 제 가슴 한켠에 남아 있습니다
당신 떠난 지금껏 생각해 보니
당신만큼 따스한 사람 없더이다
당신만큼 편안한 사람 없더이다
당신만큼
당신만큼 나를 울리는 사람 또한 없더이다

다음 세상에 우리 연어가 되기로 해요

정재희 시집

가슴을 울리는 순결한 사랑의 언어 !

내가 그대를
영원히 사랑하고 싶은 것은
그대만큼
날 설레게 할
사람이 없기 때문이다

세상의 아름다움이 작은 꽃잎에 맺힌
이슬 한방울에서 시작되듯,
사랑의 용기도 일상의 정성스러움에서
출발하는 것이 아닐까요?
사랑하는 이를 진정 귀하게 여기며
사랑하는 이를 위해 햇살 가득한 세상을
꿈꾸어 보시면 어떨는지요?

사랑으로 우리 함께 하는 날이 온다면

김진수 시집

젊은 날의 사랑과 이별 그 향기가 느껴지는 책!

이 어둔 세상에 사랑의 빛이 되고 싶었던

한 어린 왕자의 애기를 담은 한편의 드라마처럼 펼쳐질 이 시집을

여러분들과 함께 하고 싶습니다. 좋아했던 기억, 행복했던 기억, 사랑했던 기억,

즐거웠던 기억, 슬펐던 기억, 괴로웠던 기억들이 한 페이지 한 페이지를

넘길 때마다 여러분의 가슴속에 스며들었으면 하는 바람입니다

　– 작가의 말 중에서

등 불 사 랑 그 리 기

그리워 눈을 들어도 보이지 않는그대

석희숙 시집

**꾸밈없는 열아홉의 사랑·우정
그리고 삶의 모습을 그린 시**

항상 간직되는 그 어떤 이름이고 싶어라.

무구한 세월과 시간이 지난 후에

그대 가슴 속에 영원히 죽지 않는 항상 그대로인

그 어떤 이름이고 싶어라.

이 세상 끝나는 날까지 그대 마음에 항상 남아 있는

그 어떤 이름이고 싶어라.

어느날 문득 네가 그리워지면 그러면…어쩌지? 3

향기있는 추억보다는 나만의 사랑을 원해요

임우현 신작 시집

소박하고 진솔한 언어의 감동이 느껴지는 시!

**작은 사랑을 꿈꾸는
시인 임우현의 진지한 고백!**

난 천사가
되었으면 해

아무도 모르게
그대만의 꿈속에 나타나
우리만의 행복한 천사가 되었으면 해

힘들어도 고달퍼도
희망을 줄 수 있는
그런 천사가 되었으면 해

사랑하는 사람이 곁에 있다면
그 사람에게 한번 더 사랑한다고 말하세요

최애리 시집

사랑하게 될 연인이라면
처음 본 눈빛에서
이미 예정되는 운명

숨길 수도 없지만
숨긴다 해도 들켜 버릴
우연처럼 이어지는 만남

느끼는 사랑을 확인하려
맘에도 없는 타인을 안아 버리는
가슴에 이는 질투

진정 사랑하기에
떠날 수밖에 없는 이별

멀리 있기에 더욱 간절한 사랑

다시 보지 않으면 미칠 것 같은
사랑 앞에 달려가
무릎 꿇고 하는
영원한 사랑의 고백

다시는 당신을 떠나지 않겠어.

꿈이 많은 아이
그래서 잠을 자면
꿈만 꾸는 잠꾸러기

　　말이 많은 아이
　　그래서 잠만 자면
　　잠꼬대를 하는 아이

비밀이 많은 아이
그래서 술에 취해도
몸과 정신이 말짱한 아이

　　정말 엉뚱한 아이
　　그래서 사랑받는 아이
　　바로 나.

등불사랑그리기

눈을 감고 내 얼굴을 그려봐

김형준 시집

순수한 사랑이 살아 숨쉬는 감성시집

두 팔을 벌려봐 아주 크게
　　그래 그만큼 날 사랑해야만 돼

내 이름 크게 불러봐 아주 크게
　　네가 외로울 땐 내 이름을 크게 불러야 돼

눈을 감고 내 얼굴을 그려봐
　　아침에 눈뜨기 전 내 얼굴을 생각해야 돼

내 요구사항은 너의 마음에
　　항상 내가 있었으면 하는 거야

널 생각하는 내 마음만큼만

등 불 예 반 시 선 1

<누군가에게 무엇이 되어>의 바로 그 작가
예반의 '94년 최신작

그리움에도
추억이 있다면

예반 지음/신현철 옮김

**보리가 있는 책, 바로 생명의 양식입니다
수확의 기쁨과 결실의 풍요로움을 느껴보십시오!**

사랑을 가로막고 있는 것은 아무것도 없다.
다만 그릇된 방향을 향하여 나아가고 있는 사람에게는
사랑이 다가가지 않는 것이다.
진정한 사랑의 순간을 알지 못하는 한, 우리는
최후의 순간까지 빛이 없는 세계를 떠돌고 있을 뿐이다

등 불 예 반 시 선 2

<누군가에게 무엇이 되어>의 바로 그 작가
예반의 '94년 최신작

사랑에도
추억이 있다면

예반 지음/이종창 옮김

누군가에게 다가가고자 하는 사람,
누군가를 소유하고 싶어하는 사람,
그리고 특별히
누군가를 기억하고자 하는 사람은
이 책과 만나십시오!
사색하는 즐거움을 느낄 수 있습니다!

원고를 모집합니다

저희 등불 출판사에서는 귀하의 옥고를 책으로 만들어
드립니다. 가슴에 묻힌 아름다운 추억, 살면서 겪어야
했던 기막힌 사연, 자손에게 물려주고 싶은 인생경험담,
작가의 꿈을 이루기 위해 써두었던 문학작품 등을
출판해 드립니다.

문장에 자신이 없거나 용기가 없어 망설이는 분을 위해
저희 출판사 편집진이 항상 기다리고 있습니다.
언제든 연락바랍니다.

※원고는 반환하지 않음을 알려드립니다.

● ●

모집원고 : 시, 소설, 수필, 희곡, 일기, 편지, 자서전,
　　　　　　 문집, 회갑기념집, 사진집, 동인지, 기타
　　　　　　 직업에 관련된 수필집 등
모집일사 : 수시
보낼곳 : 서울시 마포구 합정동 385-107 중앙회빌딩
　　　　　 등불 출판사 편집부
　　　　　 (우121-220, 전화 322-4595~6)